AF373199

Victor Auburtin

Skizzen: Die Flucht der Katze und 20 andere Kurzgeschichten

e-artnow 2018

Carl Sternheim
Chronik von des zwanzigsten Jahrhunderts Beginn

Joseph Roth
Gesammelte Erzählungen: Der Leviathan + Die Legende vom heiligen Trinker + Ein Kapitel Revolution + Triumph der Schönheit + Kranke Menschheit und viel mehr

Anton Tschechow, Wladimir Czumikow
Anton Tschechow: Gesammelte GeschichtenDie Dame mit dem Hündchen + Wolodja + Die Sirene + Die letzte Mohikanerin + Die Rache + Ein Chamäleon und vieles mehr

Gottfried Keller
Züricher Novellen

Iwan Sergejewitsch Turgenew
Aufzeichnungen eines Jägers

Victor Auburtin

Skizzen: Die Flucht der Katze und 20 andere Kurzgeschichten

e-artnow, 2018
ISBN 978-80-273-1562-8

Inhaltsverzeichnis

Bestien

In einer Bremer Menagerie haben zwei Königstiger Streit angefangen und sich gegenseitig zerrissen. Ein bedauerlicher Vorfall, der aber zum Glück äußerst selten ist.

Brehm erzählt, daß die Königstiger friedliche Geschöpfe sind, die nie untereinander kämpfen und die in der Gefangenschaft sich auch mit anderen Tieren auf das beste vertragen.

Manchmal wollen gewisse Menageriebesitzer zur Belustigung des Publikums einen Kampf zwischen einem Tiger und einem Löwen veranstalten. Dann weigert sich der Tiger zu kämpfen, er möchte seine Ruhe haben, und man muß ihn anstacheln, indem man ihn mit spitzen Messern sticht und mit kochendem Wasser begießt. Und es kann wohl kein Zweifel vorliegen, wer in diesem Falle die Bestie ist: der Tiger, der nicht will, oder der stachelnde Menageriebesitzer neben dem belustigten Publikum.

Durch die Natur geht das Gesetz, daß die zoologischen Objekte im allgemeinen sanft und milde sind, daß sie aber immer wilder werden, je näher sie verwandtschaftlich dem Menschen stehen und je mehr sie mit ihm zu tun haben.

Alle Raubtiere leben friedlich und verträglich unter sich; mit einziger Ausnahme des Haushundes, den wir vermanscht und verdorben haben und der in unseren Kammern den täglichen Hader des Menschen mit ansehen muß.

Die Affen sind, wie die Welt weiß, unsere nächsten Verwandten, und wir haben diese Verwandtschaft verdient; deshalb sind sie ebenso verrückt wie wir, liefern sich untereinander Schlachten und kennen sogar die Errungenschaft der Artillerie, da sie sich mit Steinen und Kokosnüssen bombardieren.

Die Ameisen haben dieselbe politische Organisation wie wir, und ebenso wie bei uns gilt als Basis ihrer Gesellschaft das Prinzip der Arbeit, auf dem seit der Paradiesespforte der Fluch Gottes des Herrn ruht; die Folge ist, daß sie ebenso wie wir nichts vom Leben haben und in unaufhörlichen wirtschaftlichen Kriegen begriffen sind.

Und dann in der tiefsten, achtlosen Tiefe das wimmelnde Gewürm der Menschen, die sich gegenseitig die Bäuche aufschneiden und die Broschüren schreiben, um zu beweisen, daß Jesus Christus dieses Bauchaufschneiden nicht nur gestattet, sondern sogar dringend empfohlen habe.

Das Krokodil und ich

Am Vormittag ging ich ins Aquarium, um mir die Tiere anzusehen.

Das ist eines der schwersten Übel dieser Zeit, daß wir so wenig Tiere zu sehen bekommen. Die Pferde, Hunde und Katzen werden immer seltener in den Städten, die Natur zieht sich von uns zurück und überläßt uns unseren respektiven Veranstaltungen.

Deshalb also ging ich in das Aquarium, wo es, wie immer, außerordentlich voll war. Um den Schwanzmolch drängten sich Hunderte von Zuschauern, und vor den Schlangen hatten sich Schlangen gebildet. Den Haupterfolg aber konnte das große Krokodil verzeichnen, das mit dem Bauch im Wasser lag.

Das große Krokodil lag mit dem Bauch im Wasser und beschäftigte sich damit, auf sein Mittagessen zu warten. In dieser Tätigkeit ließ es sich weder durch die Neckereien noch durch die Zurufe der Beschauer stören; es hatte die Augen halb geschlossen, und um seinen für gewöhnlich so ironischen Mund spielte ein Zug von Melancholie. Lebenskünstler haben oft dicht vor dem Essen einen solchen melancholischen Zug um die Lippen.

Am Nachmittag ging ich in das Fischgeschäft, um einen Karpfen für das Fest zu kaufen.

Das Geschäft, in dem ich meine Fische kaufe, unterscheidet sich von anderen Geschäften dieser Art dadurch, daß in ihm ein Haussegen aufgehängt ist. Dieser Haussegen enthält die Worte: *Wo Glaube, da Liebe; wo Liebe, da Hoffnung; wo Hoffnung, da Gott; wo Gott, da keine Not*, und ist über der Bank angebracht, auf der die Fische zubereitet werden.

»Soll ich ihn gleich totmachen?« fragte mich das Fräulein und lächelte verführerisch.

Ich wäre am liebsten wieder fortgelaufen. »Wenn ich bitten darf«, sagte ich mit heiserer Stimme.

Das Fräulein trug den Karpfen auf die Bank unter dem Haussegen, wickelte ihn in ein Tuch und hieb ihm den Kopf ein. Dann drehte sie sich um und lachte uns alle an und war stolz, daß sie das so fein gemacht hatte.

Das Krokodil wird heute auch Fische zu seinem Mittagessen bekommen haben. Aber selbstverständlich besitzt dieses Krokodil keinen Haussegen mit Glaube, Liebe, Hoffnung, weil es ja zur Rasse der Reptilien gehört und deshalb keine Seele hat.

Der Dieb

Wenn ich umziehe – was durchschnittlich alle halben Jahre einmal stattfindet –, wenn ich umziehe, wird mein Mobiliar und die ganze Zimmerflucht auf einen Handkarren geladen. Also unter anderem das Tintenfaß, die Zigarrenkiste, die Bibliothek, die aus einigen Reclambänden besteht, und der Käfig mit den weißen Mäusen. Den Karren schiebt dann mein Freund, der Wachtmeister, in die neue Wohnung. Bei schlechtem Wetter und wenn es bergauf geht, helfe ich selber ein wenig schieben.

»Man sollte«, so sagte ich vor der neuen Wohnung zu dem Wachtmeister, »man sollte den Karren hier nicht so allein stehenlassen, es könnte einer etwas stehlen.«

»Ach was, von den Sachen stiehlt Ihnen niemand etwas«, erwiderte der Wachtmeister und lachte; und wir beide gingen in das Haus und ließen den Wagen unbeaufsichtigt stehen.

Da kam der Dieb und nahm zwei Kartons von dem Karren weg. Er nahm einen schweren Karton und sagte sich: Darin hat er seine Silbersachen. Und er nahm einen leichten Karton und sagte sich: Darin hat er die Effekten. Und verschwand mit den beiden Kartons um die Ecke der Prachtstraße.

Der schwere Karton enthielt meine Steinsammlung. Das heißt alle die kleinen Stücke Schiefer, Sandstein und Kalk, die ich auf der Reise in den Gebirgen abgebrochen habe und die für mich von bedeutendem Werte waren.

In dem leichten Karton befand sich eine Kollektion von Familienphotographien: die Tante mit der Kaffeekanne, der kleine Bubi im Kinderwagen und zwölf Liebhaberaufnahmen unserer Hauskatze, die schon vor vielen Jahren gestorben ist.

Das Gesicht, das der Dieb machte, als er den Karton öffnete und die zwölf Photographien der Hauskatze erblickte, dieses Gesicht möchte ich gesehen haben. Und ebenso möchte ich wissen, was er mit allen diesen Sachen anfangen wird.

Die Bilder der Katze kann er sich ja mit Reißnägeln an der Wand befestigen; und wenn er nur ein wenig Gemüt besitzt, wird er seine Freude daran haben, weil sie ein sanftes und gutes Tier gewesen ist. Aber die Steine sind sehr unbequem; wohin man sie auch legt, sie machen Staub und Schmutzerei.

Hoffentlich kommt er nicht auf den Einfall, die Steine wegzuwerfen; denn es ist polizeilich verboten, Steine wegzuwerfen, und ich möchte nicht, daß er Unannehmlichkeiten hat.

Der Philosoph oder Über das Wesen der Dinge

Der Philosoph saß in seinem Studierzimmer und wollte über das Wesen der Dinge nachsinnen. Aber sein weißes Kätzchen sprang auf den Tisch, schmiegte sich an den Philosophen und störte ihn in jeder Weise. Da warf er dem Kätzchen einen Champagnerpfropfen auf die Erde hin; das Kätzchen stürzte sich darauf und begann, den Champagnerpfropfen vor sich her zu jagen.

Und ungestört konnte der Philosoph nun folgendes denken: Es ist etwas. Aber was ist? Und was heißt sein? Was ist, kann nicht nichtsein, und alle Dinge sind, die nicht nichtsind.

Die Katze trudelte den Champagnerpfropfen von dem Arbeitstisch zum Kamin; ihre Augen leuchteten vor Eifer, denn der Verdacht war ihr gekommen, daß dies kein Champagnerpfropfen sei, sondern eine Maus, die sich nur so stelle, als sei sie ein Champagnerpfropfen.

Offenbar, so folgerte der Philosoph weiter, offenbar gibt es Dinge, die sind, und Dinge, die nicht sind. Die Welt teilt sich also in zwei große Kategorien: Kategorie *a*: die Dinge, die sind; Kategorie *b*: die Dinge, die nicht sind. Aber was heißt nun nicht sein? Nicht sein heißt nicht vorhanden sein. Wenn ich also sage, in der Kategorie *b* sind die Dinge, die nicht sind, begehe ich einen greifbaren Widerspruch. Denn was nicht ist, kann nirgendwo sein, also auch in der Kategorie *b* nicht. So bleibt nur die Kategorie *a* übrig, und alle Dinge sind. Es ist also etwas, aber was ist und was heißt sein?

Während der Philosoph so dachte, hatte die Katze den Champagnerpfropfen rund um das Zimmer gejagt und trieb ihn nun zu dem Arbeitstisch zurück. Dort ließ sie ihn liegen, denn sie war jetzt überzeugt, daß es doch keine Maus, sondern einfach ein Pfropfen sei.

Der Philosoph blickte sie an und lächelte.

»Törichtes Tier«, sprach er, »bist du nun weiter gekommen, daß du den Pfropfen einmal im Kreise herum gejagt hast?«

Die Brust der Natur

Seit drei Jahren und vier Monaten sprachen wir am Schriftstellertisch im Café Westminster vom Theater. Könige starben, Prinzessinnen ließen sich scheiden, Völker vergingen, wir am Schriftstellertisch im Café Westminster redeten vom Theater und von nichts anderem.

Da machte der Dr. Kornhaisl, der Älteste unter uns, den Vorschlag, es solle ein Tag in der Woche festgesetzt werden, an dem nicht vom Theater gesprochen werden dürfe. Für diesen Tag solle ein gemeinsames Thema bestimmt werden, und niemand dürfe über etwas anderes reden als über dieses Thema ganz allein. Und zwar, so führte der Dr. Kornhaisl weiter aus, sei es vielleicht das Beste, zum gemeinsamen Diskutierthema einen Gegenstand aus der Naturgeschichte zu wählen; also zum Beispiel Pilzkunde oder so etwas. Das wäre einmal etwas anderes, eine Erholung gewissermaßen, und sicherlich täte uns allen eine periodische Rückkehr an die Brust der Natur dringend not.

Der Vorschlag wurde angenommen und der nächste Mittwoch als der erste theaterfreie Naturabend festgesetzt.

Am nächsten Mittwoch fehlte von uns fast die Hälfte. Für gewöhnlich waren wir am Schriftstellertisch im Café Westminster so ungefähr fünfundzwanzig. Zwölf davon hatten es nicht für empfehlenswert gefunden, zu einem Abend zu kommen, an dem nicht vom Theater, sondern nur über die Natur gesprochen werden sollte, und waren zu Hause geblieben. Die anderen setzten sich an die bekannten Marmortische neben der Wasserheizung und sahen sich erwartungsvoll an.

»Über was reden wir denn nun eigentlich?« fragte der Dr. Kornhaisl. Ein langes gedankenvolles Schweigen folgte. Dann erhob der Dr. Swoboda einen Finger und sagte: »Reden wir einmal über Katzen.«

»Ein ganz interessanter Gegenstand«, meinte der Dr. Kornhaisl. »Auf jeden Fall«, sagte der Dr. Swoboda, »läßt sich nicht bestreiten, daß die Katzen zur Brust der Natur gehören.«

Daraufhin wurde der Vorschlag, über Katzen zu sprechen, mit zehn gegen zwei Stimmen, die des Dr. Wurmsdorffer und des Dr. Haferl, angenommen. Diese zwei Gegenstimmenden entfernten sich mit der Bemerkung, sie seien nicht gesonnen, eine solche Trottelei mitzumachen.

»Also«, sagte Dr. Kornhaisl, »wer etwas Merkwürdiges oder Neues oder Sonderbares über Katzen mitteilen kann, der fange an.«

Wir alle dachten sieben Minuten lang scharf nach, dann sagte der Dr. Olivenbaum: »Ich weiß etwas über Katzen«, und er begann: »Sie kennen doch gewiß alle die Mathilde Lejo, die sentimentale Liebhaberin vom Karl-Theater in Wien.«

Der Dr. Swoboda warf dazwischen: »Es sollte doch wohl heute über Katzen geredet werden, und ausnahmsweise einmal nicht über sentimentale Liebhaberinnen.«

»Ich rede über Katzen«, antwortete der Dr. Olivenbaum gereizt. »Lassen Sie mich meine Idee nur entfalten. Also, als ich damals in Wien war, kannte ich die Mathilde Lejo vom Karl-Theater sehr gut. Sie war eine ernste, stille Person, die ein zurückgezogenes Leben führte und in Sachen der Sittlichkeit sehr streng dachte. Und diese Mathilde Lejo nun, und das ist der Punkt, auf den ich kommen wollte, besaß eine blaue Katze.

Daß es blaue Katzen gibt, muß jedem bekannt sein, der sich mit der Naturkunde auch nur oberflächlich beschäftigt hat. Blaue Katzen werden besonders in England gezüchtet, wo sie den wissenschaftlichen Namen *the blue Cat of Thorpe* führen, und auf den Auktionen werden ganz enorme Preise dafür bezahlt. Mathilde also besaß eine solche Katze, die himmelblau war wie ein Maimorgen, und sie liebte dieses Tier äußerst. Die himmelblaue Katze schlief in ihrem Bett, wurde jeden Morgen massiert und mit Bayrum eingerieben und bekam zu ihrem Mittagessen stets einen Zander mit Kräuterbutter. Aber da geschah es eines Tages, daß der Fischhändler eine Verwechslung beging und statt des Zanders einen Hecht brachte; und weil die blaue Katze an diese Fischsorte nicht gewöhnt war, verschluckte sie eine Gräte und starb nach kurzem, aber qualvollem Leiden.

Mathilde war untröstlich. Als ich ihr meinen Kondolenzbesuch machte, warf sie sich mir schluchzend in die Arme und sagte: Olivenbaum, nachdem die blaue Katze tot ist, bist du mein einziges Glück auf dieser Welt. Ich liebe dich heiß; und deshalb bitte ich dich, schenke mir zu meinem nächsten Geburtstage eine neue blaue Katze, weil ich ohne blaue Katzen nicht leben kann. Und wenn du das tust, werde ich dir mit Leib und Seele angehören und dir keinen Wunsch versagen.

Bis zu Mathildens Geburtstag hatte ich noch acht Wochen, und in dieser Zeit habe ich nun in ganz Wien nach einer blauen Katze gesucht. Aber ich muß sagen, daß dieses keine leichte Aufgabe gewesen ist. In den Katzengeschäften waren alle, selbst die kostbarsten Arten zu haben, Zibetkatzen, Riesenangoras, persische Rauchkatzen, auch die ungeheuer seltenen schwanzlosen Katzen von der Insel Man; nur eben keine blauen Katzen.

Die Händler hatten entweder niemals blaue Katzen gehabt, oder sie hatten ihr letztes Exemplar gerade eben verkauft. Ich telegraphierte an Hagenbeck in Hamburg, und der schickte mir seine Preisliste ein; aber in diesem Katalog waren Nasenbären, Giraffen und Nilpferde verzeichnet, nur keine blauen Katzen.

Dann ging ich in die Expedition des *Neuen Wiener Tageblattes* und wollte eine Annonce aufgeben: Gesucht blaue Katze zu höchsten Preisen. Aber der Herr am Schalter gab mir mein Inserat zurück und sagte: Wir sind ein seriöses Blatt und nehmen Annoncen perversen Inhalts grundsätzlich nicht an; was Sie unter blauer Katze verstehen, das wissen wir schon.

So wollte ich eben verzweifeln, als es mir durch die Vermittlung des Detektivbureaus Falke gelang, mit der Witwe eines Obersten in Verbindung zu treten, die eine Katze von kornblumenartiger Bläue besaß. Die Katze war der Dame ans Herz gewachsen und kostete 7500 Kronen. Aber für meine schöne, stille Mathilde war mir nichts zu teuer, und ich kaufte das Exemplar glatt.

Am Geburtstag steckte ich die Katze in eine Tüte und eilte hochbeglückt in Mathildens Wohnung. Aber als ich ihren Salon betrat, saß Mathilde sanft lächelnd in einem Lehnstuhl, umgeben von einundzwanzig blauen Katzen, die im Zimmer herumspazierten und sich gegenseitig berochen.

Ich begriff die Lage sofort. Ernst holte ich meine Katze aus der Tüte und sagte: Madame, sofern ich richtig zähle, befinden sich in diesem Zimmer einundzwanzig blaue Katzen. Wenn Sie für jede dieser blauen Katzen dasselbe Versprechen gegeben haben wie mir, werden Sie heute einundzwanzigmal Ihren Leib und Ihre Seele hingeben und einundzwanzigmal keinen Wunsch versagen. Für das zweiundzwanzigste Mal, das auf mich fallen würde, danke ich bestens.

Damit warf ich ihr meine Katze vor die Füße und entfernte mich kalt.«

Als der Dr. Olivenbaum seine Erzählung beendet hatte, riefen zwei von uns, der Dr. Böhm und der Dr. Frobenius, den Oberkellner, bezahlten ihr Pilsener Bier und entfernten sich mit Eile. Wir konnten bemerken, wie sie beim Weggehen die Achseln zuckten und mit den Fingern an die Stirn tippten, woraus wir schlossen, daß sie mit dem Verlauf der heutigen Abendunterhaltung nicht ganz einverstanden seien.

Wir anderen führten das Thema weiter aus, doch nahm die Unterhaltung jetzt mehr einen allgemeinen Charakter an. Die ewige Frage, ob die Katze oder der Hund vorzuziehen sei, wurde durchgesprochen und gab Anlaß zu sehr stürmischen Debatten. Die Mehrzahl sprach sich für den Hund aus, ich selbst ergriff lebhaft die Partei der Katze. Es sei nicht wahr, daß die Katze falsch sei, wie die alte Fabel behaupte. Kein Tier, auch die Schlange nicht, sei mit Berechnung falsch; jedes Wesen tue einfach und geradeaus nur eben das, was ihm der Schöpfer vorschrieb und was sein handfester Vorteil sei. Falschheit hingegen, Winkelzug und Diplomatie seien Eigenschaften jenes widerlichen Lebewesens Mensch, das sich in unbegreiflicher Verblendung das Ebenbild Gottes nenne, und das doch nichts anderes sei als ein entarteter Affe. Die Katze sei schon deshalb achtbar, weil sie sich nicht vom Menschen dressieren lasse und zu Kunststücken hergebe, während hingegen der Hund die Peitsche im Maule trage und damit den Rekord der Schande im Bereich der ganzen Schöpfung halte. Auch sei es durchaus falsch, so fügte ich abschließend hinzu, daß die Katze mehr am Ort als am Menschen hänge, wie vom oberflächlichen Beobachter leider so oft erzählt worden sei.

Als ich meine Rede beendet hatte, wandte sich ein älterer Herr, der am Nebentische saß, an uns und sagte: »Entschuldigen Sie, meine Herren, daß ich mich in Ihre Unterhaltung mische. Ich könnte zu Ihrem Thema eine sehr interessante Tatsache mitteilen, wenn Sie mir erlauben würden.«

Keiner von uns kannte den Herrn. Es war ein großer, stattlicher Mann, der einen ungewöhnlich englischen Anzug trug und weitgereist aussah, etwa wie ein Kautschukpflanzer oder so etwas Ähnliches. Auf jeden Fall sah der Herr nicht aus wie ein deutscher Schriftsteller, und deshalb gefiel er uns allen sehr. Er setzte sich an unseren Tisch und begann:

»Ich werde Ihnen eine merkwürdige Geschichte erzählen, aus der mit Klarheit hervorgeht, daß die Katzen mehr Anhänglichkeit an den Ort als an den Menschen haben. Vor ungefähr zwanzig Jahren betrieb ich eine Farm im Innern der nordamerikanischen Union im Staate Kansas. Das ist eine einsame Gegend, in der hauptsächlich Viehzucht, auch etwas Obstbau betrieben wird. Mein nächster Nachbar war ein junger Farmer mit Namen Buller, der zusammen mit seiner Frau und seiner dreiundsiebzigjährigen Mutter lebte, sehr ruhige und anständige Leute.

Die Bullers nun besaßen einen alten schwarzen Kater, der den Namen Cleveland führte und der nur drei Beine hatte; sein viertes Bein, und zwar das rechte Hinterbein, war ihm nämlich in seiner Jugendzeit von einem Liebesrivalen abgebissen worden. Trotz dieses Gebrechens konnte der Kater Cleveland sich noch ganz gut bewegen, wobei er allerdings sichtlich humpelte. Doch war er seiner ganzen Gemütsverfassung nach mehr eine phlegmatische Natur und liebte es, den ganzen Tag auf einem braunen Samtsessel neben dem Kamin zu sitzen.

Mit dieser Familie Buller ereignete sich nun in einem Hochsommer etwas Neues. Am Tage vor Johannis wollte die alte Frau Buller Kirschkuchen backen. Da sie aber nicht genug Kirschen zu Hause hatte, nahm sie einen Korb und ging in den zwei Meilen entfernten Obstgarten des Pfarrers, um dort Kirschen zu stehlen. Denn sie war trotz ihrer dreiundsiebzig Jahre noch eine sehr taugliche Person; auch nahm sie an, daß der Pfarrer um diese Zeit in der Kirche beim Konfirmandenunterricht sei. Als sie in dem Garten des Pfarrers angekommen war, kletterte sie in einen Baum und begann, Kirschen zu pflücken und in ihren Korb zu sammeln. Aber das Unglück wollte, daß der Pfarrer nicht in der Kirche war, sondern in seinem Studierzimmer am offenen Fenster saß und die Predigt ausarbeitete. Und wie er nun die alte Frau Buller in dem Kirschbaum sitzen sah, nahm er seine Büchse her und schoß sie herunter wie einen Spatz. Wie man so einen Spatzen oder eine alte Krähe herunterschießt.

Schön. Bis hierher ist an meiner Erzählung nichts besonders Auffälliges, nicht wahr, meine Herren. Nun müssen Sie aber wissen, daß die alte Frau Buller von Geburt eine Deutsche gewesen war und daß sie in Deutschland, und zwar im Brombergischen, ein Gut besaß. Dieses Gut erbten nach ihrem plötzlichen Tode die jungen Bullers, und weil sie von Deutschland und besonders vom Brombergischen eine vielleicht übertrieben günstige Meinung hatten, beschlossen sie, die amerikanische Landwirtschaft aufzugeben und nach Europa zu übersiedeln. Sie verkauften mir ihre Farm mit Haus und Mobiliar und packten ihre notwendigsten Sachen zusammen. Den dreibeinigen Kater Cleveland steckten sie in eine alte Biskuitkiste, und so sind sie eines Morgens nach Osten abgezogen.

Ich hatte auf meiner neuen Farm viel zu tun, legte Spalierobst an und entwässerte die große Wiese, und darüber dachte ich nicht mehr viel an die Bullers und ihren Kater.

Über ein Jahr verging. An einem stürmischen Januarmorgen saß ich im früheren Hause der Bullers am Kamin, rauchte meine Pfeife und sah in das Schneetreiben hinaus. Da bemerkte ich plötzlich, daß den Weg vom Mühlhügel herunter etwas Dreibeiniges gehumpelt kam. Ich bin ein ziemlich aufgeweckter Bursche, und deshalb war mein erster Gedanke: oho, was ist denn dieses? Aber noch bevor ich diesen Gedanken weiter ausspannen konnte, wurde die Tür, die nur angelehnt war, aufgestoßen, der Kater Cleveland trat ein, ging stracks auf seinen Samtsessel, sprang hinauf und machte es sich bequem, als sei nichts passiert. Er war seinem Herrn entlaufen und von Bromberg nach Kansas, U.S.A. zurückgekehrt, und das, meine Herren, scheint mir doch ein einwandfreier Beweis für die Behauptung, daß die Katzen mehr am Orte hängen als an den Menschen.«

Wir hatten die Erzählung mit eisigem Schweigen angehört. Nach einer Weile fragte der Dr. Kornhaisl: »Glauben Sie, daß er durch den Atlantischen Ozean geschwommen ist?«

Der fremde Herr zuckte nicht mit der Wimper und antwortete: »Das war auch mein erster und der allerdings nächstliegende Gedanke. Aber ich habe ihn aufgegeben, denn es ist doch äußerst unwahrscheinlich, daß ein Kater durch den ganzen Atlantischen Ozean geschwommen sein sollte. Außerdem hätten sich in diesem Fall Tang und Seepocken an ihn setzen müssen, er war aber ganz sauber. So bleibt nur die eine Erklärung übrig: er hat den anderen Weg um die Erde genommen. Von Bromberg ist er ostwärts aufgebrochen, hat die russische Grenze passiert, Rußland, Sibirien durchquert, die Beringstraße überschwommen, dann durch Alaska, Kanada, die gelben Berge, Nebraska, bis auf seinen braunen Sessel, an den er nun einmal gewöhnt war.«

Jetzt brachen wir alle auf, und zwar in sehr tumultuarischer Weise, bezahlten unser Bier und verließen stürmisch das Lokal. Draußen stellte sich der Dr. Swoboda mitten unter uns auf, rollte die Augen und rief mit Schaum vor dem Munde: »Wer mir noch einmal mit der Brust der Natur kommt...«

Die Dame mit der gestreiften Katze

In dem Abteil der Vorortbahn sitzen wie üblich acht oder zehn Personen, die mittags in die Stadt fahren, um die Theaterplätze zu besorgen oder um Geld von der Bank zu holen oder so etwas Ähnliches.

Die meisten lesen in ihren Zeitungen. Die anderen blicken mit jener hochmütigen Herablassung drein, die ein Zeichen guter Erziehung ist. Der Herr mit der Tiefquart und dem Tiroler Hut macht ein Gesicht, als wolle er uns allen, der Reihe nach, eine herunterhauen; der muß aus einem besonders vornehmen Hause sein.

Da betritt die Dame mit der gestreiften Katze das Abteil, und mit einem Schlage ändert sich die ganze Lage.

Die Dame mit der gestreiften Katze ist ein Fräulein, das offenbar an einem Wohnungsumzug beteiligt ist und die Aufgabe übernommen hat, die Hauskatze in unauffälliger Weise in das neue Heim zu befördern. Zu diesem Behuf hat sie die gestreifte Katze in einen Pompadour gesteckt, so daß die Katze sich nicht bewegen und nicht entkommen kann, sondern nur ihr Kopf freibleibt und an den Begebenheiten Anteil hat.

Es muß gesagt werden, daß die Katze sich in dieser schwierigen Lage vorzüglich benimmt. Sie ist offenbar noch nie auf der Vorortbahn gefahren, und man könnte erwarten, daß sie Furcht empfindet vor den heftigen Geräuschen und Erschütterungen oder vor dem Phantom eines vorbeibrausenden Zuges; aber nichts dergleichen, sie betrachtet alles mit ruhiger Aufmerksamkeit, und kein Ruf des Schreckens oder Erstaunens kommt über ihre Lippen.

Was dagegen uns Fahrgäste anbetrifft, so sind wir mit dem Auftreten der Katze andere Menschen geworden.

Der Herr mit der Tiefquart und dem Tiroler Hut hat plötzlich vergessen, aus welch vornehmem Hause er stammt, und lacht die Katze vergnügt an. Eine dicke Dame, welche Brillantohrringe trägt, wackelt heimlich mit dem Finger, um die Aufmerksamkeit der Katze zu erregen oder ihr vielleicht gar ein Lächeln abzugewinnen. Und wir anderen haben unsere Zeitungen sinken lassen und betrachten gespannt dieses geheimnisvolle und kluge, kleine Gesicht, auf dessen Stirn die dunkleren Streifen ein lateinisches *M* bilden.

Und es ist, als sei mit der Katze etwas von verlorener Einfalt und von Paradiesestum zu uns hineingekommen; in das Abteil der Vorortbahn.

Laßt uns den Umgang mit Tieren pflegen, Freunde, damit wir unsere unsterbliche Seele nicht verlieren. Zu dem Tiere dürfen wir freundlich und menschlich sein, ohne uns unserer bürgerlichen Würde zu begeben. Vor dem Tiere können wir uns noch schämen; denn das Tier ist besser als wir, wozu ja allerdings meistens nicht viel gehört.

Die Flucht der Katze

Was in der Seele dieser Katze vor sich gegangen ist, das möchte man wissen. In der Seele der Katze, von der jetzt an allen Säulen zu lesen ist: »Entlaufen: siamesische Katze, hellbraun mit blauen Augen, abzugeben gegen 1000 Mark Belohnung, Tiergartenstraße 18«. Diese Katze muß nicht die erste beste Katze sein.

Sie wohnte zunächst in der Tiergartenstraße, was nicht jeder von sich sagen kann, und es ist anzunehmen, daß ihr alle Genüsse des Luxus zu Gebote standen. Sie aß besser als ein Gymnasialprofessor, sie sah die ersten literarischen und künstlerischen Kreise um sich versammelt, und kein Abend verging ohne eine musikalische Unterhaltung.

Und doch ist sie in all diesem Glanz nie froh geworden und hat ihre Sehnsucht nicht verlieren können. So ist sie eines Abends heimlich aufgebrochen und in den Tiergarten gegangen, um Siam zu suchen. Und bestätigte so, vermutlich ohne es zu wissen, das Wort Lamartines, daß, wer einmal im Orient war, in Europa nie wieder ganz glücklich werden kann.

Ich komme nur selten durch die Tiergartenstraße, weil ich da nicht hingehöre und weil jeder in der Umgebung bleiben soll, die ihm – ziemt. Aber wenn ich jetzt einmal dieses vornehme Viertel passieren sollte, und der Zufall will es, daß ich die arme, hellbraune Katze mit den blauen Augen finde, bei Gott, ich weiß nicht, ob ich sie gegen 1000 Mark abliefern würde.

Immerhin hat der Vorfall seine ernste Seite; er kann uns zeigen, wer alles jetzt eine Wohnung in der Tiergartenstraße hat.

Ich habe auch blaue Augen; ich bin hellbraun (von der letzten Reise her), aber das nützt mir gar nichts, ich kann zum Wohnungsamt gehen, sooft ich will, ich bekomme deshalb doch keine Wohnung, am wenigsten eine in der Tiergartenstraße.

Allerdings bin ich nicht aus Siam, und daran wird es liegen; denn man weiß ja, wie die Sache heutzutage gehandhabt wird. Um eine Wohnung in Berlin zu bekommen, muß man ein türkischer Professor sein oder ein kurdischer Mörder oder eben eine siamesische Katze.

Die Mostrichkugel

Bevor wir die Geschichte des Herrn Pastinazi aus Neurode betrachten, muß erst einmal ganz kurz von seinem Hunde Schuft berichtet werden. Der Leser wird gleich selber einsehen, warum.

Also Herr Pastinazi, der Buchhalter bei Tomaschek in Neurode war, hatte ursprünglich zwei Hunde gehabt, den Schuft und den Tobak. Schuft war ein kleines, krummes Luder, so eine Kreuzung aus Pinscher, Teckel, Mops, Terrier und Wachtelhund. Tobak war dagegen ein etwas stattlicherer Hund, der fast für einen kleinen Bernhardiner gelten konnte. Schuft und Tobak vertrugen sich sehr gut, sie spielten miteinander, schliefen in einem Korbe und leckten sich gegenseitig die Hintern, was bei den Hunden – namentlich den schlesischen – als ein Beweis von zartem Gemüt und von Seele gilt. Aber trotzdem scheint bei beiden die Freundschaft nur eine äußerliche gewesen zu sein, während sie sich in ihrem respektiven Inneren vielleicht allerlei Gedanken machten.

Bei Schuft war das ganz sicher. Schuft war ein armer, vergrämter Kerl, und es war nicht zu verkennen, daß er gegen den imposanteren Tobak einen heimlichen Neid hegte. Wenn beide zu Mittag in der Küche ihr Näpfchen vorgesetzt bekamen, so verzehrte Schuft seine Portion mit dem Ausdruck tiefster Bekümmernis und war offenbar sehr gekränkt darüber, daß der Tobak auch etwas bekam. Ja, er ging in seiner Eifersucht so weit, daß er das widerlichste und ekelhafteste Zeug, was man ihm versetzte, schnell auffraß, nur damit der infame Tobak nichts davon abbekäme.

Und dieses hatte nun Herrn Pastinazi auf einen sonderbaren und vielleicht nicht allzu zarten Spaß gebracht. Er pflegte nämlich auf ein Stückchen Brot Mostrich, Pfeffer und Salz zu tun und das alles zu einem Kügelchen zu formen. Diese kleine Höllenbombe legte er dem Schuft vor, der natürlich zunächst davon nichts wissen wollte. Aber wenn Herr Pastinazi dann rief. *Komm, Tobak!* so schlang Schuft schnell das Teufelszeug herunter, weil er dem Tobak nichts davon gönnen wollte.

Später starb dann Tobak, und Schuft blieb allein mit Herrn Pastinazi in der Welt zurück. Aber das Sonderbare war nun, daß sein Neid und seine Eifersucht auch jetzt noch nicht nachließen. Tobak lag schon jahrelang unter der Erde, und immer noch machte Herr Pastinazi das Experiment mit der Mostrichkugel. Er legte sie dem Schuft vor, rief *Tobak, komm!* und dann würgte der Schuft das Zeug herunter, aus Angst, der tote Tobak könne auch etwas davon abbekommen.

So weit also die Eigentümlichkeit und Geschichte des neidischen Schuft, und nun kommen wir zu Herrn Pastinazi selber. Man wird es bald weghaben, warum wir diesen Umweg machen mußten. Denn es ist erstaunlich, welche Ähnlichkeit und welch Parallelismus bisweilen zwischen den Menschen und ihren Haustieren verwalten kann.

Also Herr Pastinazi, den man sich als ein dünnes Junggesellchen von zweiundsechzig Jahren vorzustellen hat, war Buchhalter in der Holzgroßhandlung von Tomaschek zu Neurode in der Grafschaft Glatz. Es war noch ein anderer Buchhalter da, der Herr Miller, und mit diesem Miller stand sich Pastinazi nun ungefähr so ähnlich, wie sich Schuft zu dem seligen Tobak gestanden hatte. Sie arbeiteten zusammen in einem Zimmer, und Pastinazi war freundlich und höflich zu Miller, bestand aber genau auf seinem Recht. Und würde es sich auf das allerentschiedenste verbeten haben, daß dem andern irgendein Vorteil oder so eine Art Privatvergünstigung eingeräumt werde, an der er selber keinen Anteil gehabt hätte.

Wenn also beispielshalber der Prinzipal, Herr Tomaschek, in das Zimmer kam und dem Miller eine Zigarre anbot, so schnitt Pastinazi auf seinem Stuhl ein so empörtes Gesicht, daß er gleich auch eine abbekam. Dabei machte sich Pastinazi gar nichts aus dem Rauchen, sondern ihm wurde im Gegenteil immer hinterher ganz übel. Aber darauf kam es ja gar nicht an, denn Recht muß doch Recht bleiben, und was dem einen recht ist, das ist dem andern billig. Und ähnlich war es in allen Dingen, so daß der Prinzipal sich schon von selber hütete und die strengste Gerechtigkeit obwalten ließ, damit dieser sonderbare Pastinazi nicht den geringsten Grund zu etwelchen Beschwerden finden könnte. Denn offenbar lauerte er auf solchen Grund heimlich und scharf, wie der Angler am stillen Wiesenufer auf den Korken lauert, ob er nicht wackelt.

Da geschah es nun eines schönen Maimorgens, als Pastinazi ins Bureau trat, daß er beobachtete, wie Miller mit dem Herrn Tomaschek leise sprach und offenbar etwas Niederträchtiges abmachte. Gleich ahnte er nichts Gutes und beschloß, sehr auf der Hut zu sein, daß der andre ja nicht etwa wieder irgendein Vorsprünglein erwische in dem mühseligen Wettlauf des Lebens. Es ereignete sich vorläufig aber nichts, sondern eine ahnungsvolle Stille lagerte über dem Gelände, bis gegen Mittag Miller nach der Uhr sah, die Feder hinlegte und sagte: »Na, nun kann ich es mir ja allmählich gönnen.«

»Was können Sie sich gönnen?« fragte Pastinazi mit kerzengerade gespitzten Ohren.

»Sie haben doch gehört«, sagte Miller, »daß ich seit Jahren an chronischer Verstopfung leide. Gestern war ich nun beim Arzt, und der hat verordnet, daß ich jeden Vormittag in frischer Luft eine halbe Stunde Dauerlauf machen soll. Na, da habe ich mit Herrn Tomaschek gesprochen, und er hat nichts dagegen. Er hat mir sogar sein Gärtchen zur Verfügung gestellt, in dem ich täglich meinen Dauerlauf ganz bequem machen kann, ohne jemand irgendwie zu stören.«

Damit stand er auf und ging in aller Gemächlichkeit hinaus und in den Garten hinunter.

Das Gärtchen des Herrn Prinzipals lag unter den Fenstern des Bureaus, in dem die beiden Buchhalter arbeiteten, und vom Tisch aus konnte man hineingehen. Es war ein freundliches Gärtchen und so sauber und putzig, wie die Gärtchen alle in der Grafschaft Glatz zu sein pflegen. In den vier Ecken waren Fliederbüsche und in der Mitte zwei Rasenbeete, die mit Begonien eingesäumt waren. Und auf jedem Rasenbeet stand eine Gipsfigur mitten drauf, nämlich auf dem einen die Büste Seiner Majestät des Kaisers, auf dem andern der Kopf der klagenden Niobe. Zwischen den Beeten aber schlängelte sich ein kiesbestreuter, weißer Weg, der in Form einer Acht oder einer Bretzel in sich abgeschlossen war.

All diese Herrlichkeit konnte Pastinazi von seinem Platze überschauen und mußte nun mit ansehen, wie Miller – mitten in der Arbeitszeit – da unten die Pforte aufmachte und in das Edengärtlein eintrat. Dann stemmte Miller die Arme in die Hüften und begann den Weg entlang zu traben, immer die Bretzel ringsherum. Und wenn Miller die Bretzel zehnmal abgelaufen hatte, dann hielt er inne, um sich ein wenig zu verschnaufen, und lustwandelte langsam und wollüstiglich durch die Boskets, wobei er hie und da an einer Blume roch und vor der klagenden Niobe stehenblieb, um sie in aller Gelassenheit zu betrachten.

Das alles wurde von nun an jeden Mittag aufgeführt, und acht Tage lang sah es sich Pastinazi von dem Tische aus an, an dem er unterdessen arbeiten sollte, und wurde blau und gelb. Dann packte ihn eines Mittags, als Miller gerade unten war, die Wut. Er ging in das Privatkabinett des Prinzipals nebenan, blieb da an der Tür stehen und fragte heiser und zitternd: »Ich möchte nur fragen, wie Herr Miller dazu kommt, jeden Vormittag eine halbe Stunde spazierenzulaufen, während ich hier oben sitzen und Rechnungen aufstellen muß?«

Der Prinzipal war nicht in der richtigen Laune, Pastinazis Gram zu würdigen. »Sind Sie auch krank?« fragte er. »Sie wissen doch, daß Miller an Verstopfung leidet und daß ihm der Arzt den Dauerlauf verordnet hat.«

»Ich weiß nur«, sagte Pastinazi bebend, »daß ich eine halbe Stunde mehr arbeiten muß als er und doch nicht besser bezahlt werde.«

»Zum Donnerwetter«, rief der Prinzipal, »nun wird es mir aber zu bunt mit der Neidhammelei. Sie sollen genau ebenso wie Miller in den Garten hinunter, wenn es Ihnen Spaß macht, aber nur unter der Bedingung, daß Sie ebenso Dauerlauf machen wie er.«

»Hahaha!« schrie Pastinazi, »wenns nur darauf ankommt, das werden wir gleich haben; die Finten kennen wir schon.«

Und damit stürmte er hinaus, die Treppe hinunter, riß unten die Gartentür auf, zum größten Erstaunen Millers, der mitten im besten Rennen war, und begann nun seinerseits die Wegbretzel in entgegengesetzter Richtung durchzugaloppieren, das der Kies stob.

»Verstopft sein kann jeder!« schrie er seinem Gegner zu, als sie sich in der Mitte begegneten. Und als er sich verschnaufen mußte, da ging er stracks auf den Flieder los, der just in diesen Tagen in himmlischem Maiflor stand, grabschte wild nach einer Dolde und roch voll Wut daran, indem er über die blauen Blüten hinweg heillose Blicke nach Herrn Miller abschoß.

Seit dieser Zeit hat der Buchhalter Pastinazi täglich seinen Dauerlauf gemacht bei Regen und Sonnenschein bis in den Winter hinein. Und es war ihm sehr gleichgültig, ob sich ganz Neurode über ihn lustig machte und ob die Dienstmädchen lachend aus den Fenstern in den Garten sahen, wo die beiden Buchhalter von Tomaschek ihre Bretzeln herumrasten wie die Wilden. Denn Recht muß doch Recht bleiben, und was dem einen recht ist, das ist dem andern billig. So sagte er, kniff die Fäuste in die Seiten und rannte durch die kahlen Büsche, daß ihm die Augen aus den Höhlen traten, und seine arme, alte Lunge pfiff wie eine Amsel im März.

Bis er plötzlich anfing, Blut zu spucken. Denn in der Welt ists eben anders als im Sprichwort, und was dem einen recht ist, das ist dem andern noch lange nicht billig. Miller war verstopft, und dem war der Dauerlauf recht, so daß er schlank und geschmeidig wurde; Pastinazi aber litt an Asthma, und dem bekam es schlecht. Er holte sich in aller seiner Wut und in seinem Jammer den Knacks fürs Leben, so daß ihm der Doktor sagte, er möchte sich nun mit seinen zweiundsechzig Jahren einen geruhigen Lebensabend gönnen.

Woraufhin er mit halbem Gehalt pensioniert wurde und zu Hause bleiben durfte.

Zu Hause aber fand er den Schuft vor, der immer noch so possierlich war wie früher. Und dieser Schuft war nach allem die letzte Freude, die Herrn Pastinazi blieb, und das einzige, was ihn in seinem Zusammenbruche noch so etwa aufheitern konnte. Denn immer war es noch ein Hauptspaß mit dieser Mostrichkugel.

Wenn Herr Pastinazi seine kümmerliche Krankenmahlzeit hinter sich hatte, machte er ein Kügelchen aus Brot, Senf und Pfeffer, legte es dem Schuft hin und rief: *Komm, Tobak!* Dann schnitt der Schuft ein gräßliches Gesicht und schlang die Pastete herunter, damit sein toter Freund nur ja nichts davon abbekäme. Und dann mußte der pensionierte Herr Pastinazi immer wieder darüber lachen, wie einfältig und, wenn man so sagen darf, wie geistlos solch Viehzeug doch gewissermaßen sein könne.

Die Schwalbennester

Über dem Lustgarten in Berlin steht der Julitag klar und blau und rein und ist wie ein Tag Joniens.

Ein Tag in Jonien an den weißumschäumten Küsten des Inselmeeres.

Auf diesen Vergleich kommt man vielleicht nur deshalb, weil am Lustgarten das alte Museum steht und weil die Halle dieses alten Museums von jonischen Säulen getragen wird. Achtzehn jonische Säulen, die sich in die Höhe recken, als mache das Tragen ihnen Freude, und als schwelle durch ihre Schlankheit empor der Saft der Allmutter Erde.

Alles ist froh an diesem Tage. Die Kinder auf dem Platze spielen Reifen; die Kindermädchen haben ganz blaue Röcke an, und die Schwalben fliegen schreiend um die Säulen.

Sie haben ihre Nester da oben an den Säulen, die Schwalben. Sie haben ihre Nester angebracht an den jonischen Kapitälen und an den Rosetten der großen Kassettendecke. Schwarze dicke Nester, in denen es zirpt und mit kleinen Flügeln schlägt und Mäuler aufsperrt und piept und schreit. Und nun fliegen die Schwalbenmütter hin und her und holen Mücken in den Schnäbeln herbei und füttern ihre Brut. Ein Tag Joniens, Joniens.

Diesen Tag haben sich zwei preußische Beamte in Plattmützen ausgesucht, um in Aktion zu treten von wegen eben jener Schwalbennester. Sie haben wohl von ihrer Behörde den Auftrag in betreff der Beseitigung der vielen Schwalbennester bekommen und gehen nun pflichtgetreu an ihre Arbeit.

Zu diesem Geschäfte bringen sie eine große Leiter herbei, einen Besen und eine lange Stange und begeben sich mit diesen Geräten in die Halle des Museums. Dort lehnen sie die Leiter an eine Säule und vollführen zunächst einmal eine kleine Absperrung, indem sie alle Müßiggänger aus diesem Teil der Halle entfernen. Dann klettert die eine preußische Plattmütze auf die Leiter, ergreift die Stange und beginnt sorgsam die Schwalbennester abzukratzen und herunterzuschlagen.

Die Schwalbennester fallen klatschend auf den Steinboden; sie bilden eine große Masse Unrat, und die gelben Kadaver der jungen Schwalben sehen ganz ekelhaft aus. Und die andere preußische Plattmütze greift nach dem Besen, der eben zu diesem Zwecke mitgenommen ist, und fegt den ganzen Dreck in die Ecke zu einem großen Haufen zusammen.

Da oben aber um die Kapitäle Joniens kreisen die Schwalbenmütter und suchen und bringen das Futter für ihre Brut. Jede hat den Schnabel ganz voll von Mücken; und merkwürdig ist, daß sie trotzdem so herzzerreißend schreien können.

Dieses ist Berlin, Herrschaften. Berlin aber hat den Ruf, die sauberste Stadt der Welt zu sein, und wird diesen Ruf weiter wahren, wenn Sie nichts dagegen einzuwenden haben.

Diner zu Florenz

Unter meinen Fenstern in Florenz befindet sich ein großer Müllhaufen. So ein Müllhaufen, wie die Florentiner ihn anzulegen pflegen; einfach auf die Straße hingeworfen, ohne Reglement und ohne die geringste Rücksicht auf die Hygiene.

Aber über alle Dächer hinweg leuchtet die Kuppel des Domes den Brunelleschi baute. Und wenn ich mich an dieser Kuppel satt gesehen habe, so blicke ich nach unten auf den Müllhaufen und beobachte, was mit ihm vorgeht.

Zuerst, des Morgens in der Frühe, kommen die Hunde aus allen Läden und Löchern heraus und tun so, als ob der Müllhaufen nur für sie angelegt sei und ihnen eigentlich gehöre. Sie suchen sich das beste und appetitlichste daraus zusammen, Knochen, alten Rindertalg, Kaninchenfelle, lauter Prachtsachen, und dabei streiten sie sich und knurren sich gegenseitig an.

Wenn die Hunde gegangen sind, so haben vier stille Katzen nur auf diesen Augenblick gewartet. Und kommen nun langsam hervor, um zu besehen, was noch übriggeblieben ist. Sie sitzen erst eine ganze Weile weit im Umkreis um den Haufen herum und sehen einander an. Ungefähr so, als ob die Diplomaten der europäischen Staaten um ein neues Balkanproblem herumsitzen und warten, wer zuerst herangehen möchte. Dann nach einer Weile gehen sie – die Katzen – vorsichtig auf den Müllhaufen zu und durchforschen ihn. Sie suchen sich ihre Lieblingsspeisen hervor und kauen lange, wobei sie sich besser vertragen als die Hunde und manierlich und sauber sind. Manches Stück bekauen sie erst fünf Minuten, dann lassen sie es liegen, weil doch nichts Rechtes dran war.

Gegen zwölf Uhr mittags sind sie damit fertig und gehen weg. Und dann kommt mein Mitbruder, ein Mensch, ein alter Mann, und sucht sich aus dem, was die Katzen und Hunde nicht wollten, sein Diner zusammen. Auch er findet noch immer sehr viel, denn, du lieber Gott, die Katzen und Hunde sind verwöhnte Leute und spucken manches aus, was einem braven Manne ganz gut schmecken wird.

Auch bekommt es dem alten Mann vortrefflich, und wenn ich ihre mir so betrachte, finde ich, daß er gesund und stolz aussieht. Er ist ein Florentiner und ein Landsmann Dantes. Und er wohnt im Schatten dieser Domkuppel und unter diesem Himmel, den der liebe Gott nur für die Florentiner so blau und so tief und so weit gemacht zu haben scheint.

Für Hunde

Der Kleinbahnzug war schon geknüppelt voll, als er in den Bahnhof einlief. Man konnte durch die Fenster sehen, daß in jedem Kupee zwanzig Personen standen. Nur ein Abteil war ganz leer, an dem eine Inschrift hing: *Für Reisende mit Hunden.*

Ich öffnete die Tür dieses Abteils weit, stieg ein und machte es mir bequem. Einmal drinnen, war die größte Gefahr vorüber, denn die Schaffner und Stationsvorsteher sahen von außen ja nur meinen Kopf; sie konnten also nicht wissen, ob ich einen Hund bei mir hatte oder nicht. Ich nahm möglichst waidmännische Züge an, indem ich meinen Hut schief setzte und das linke Auge etwas zusammenkniff.

Größer war die Schwierigkeit mit den anderen Reisenden. Die anderen Reisenden konnten mich über die trennende niedrige Wand da allein in meinem Kupee sitzen sehen, und sie machten ihre Bemerkungen. Ich hörte, wie sie untereinander murmelten: Der hat ja gar keinen Hund. Wie kommt denn der dazu, sich da hineinzusetzen! Schließlich faßte sich einer Mut und redete mich über die Wand hinweg an: »Sie haben ja gar keinen Hund. Da könnte sich jeder da hineinsetzen!«

Ich erwiderte folgendes: »Mein Herr, Sie haben ja vollkommen recht; es könnte sich jeder in dieses leere und sinnlose Abteil setzen. Daß ich allein den Mut dazu fand, ist tief beklagenswert und erklärt die Not Deutschlands. Denn, mein Herr, sagen Sie selbst: welchen Zweck hat ein Abteil für Hunde, wenn keine Katze drinsitzt?«

Ob ich den Herrn mit dieser Rede zu einer etwas freieren Weltanschauung bekehrt habe, das weiß ich nicht, ja, ich bezweifele es. Wahrscheinlich wird er, wie das so üblich ist, meine Worte für einen faulen Witz gehalten haben.

Gedanken in einem Myrtenhof

In dem Myrtenhof der Alhambra gehe ich seit einer Stunde auf und nieder. Der Myrtenhof in der Alhambra ist ein regelmäßiges Rechteck und besteht ganz aus weißem Marmor mit weißen Säulen rechts und links. In der Mitte befindet sich ein Wasserbecken, das ebenfalls rechteckig ist und das weit von einer Myrtenhecke eingefaßt wird.

Zwischen dem Wasserbecken und der Hecke gehe ich also, wie gesagt, seit einer Stunde auf und nieder. Und es ist nichts zu hören als meine Schritte auf dem Marmorboden und das Gurren der weißen Tauben, die hier nisten, und ihr rauschender Flügelschlag. Darüber steht die ganze Zeit der schwarzblaue Himmel, stumm, furchtbar und erschütternd.

Um es offen zu sagen, bin ich mit einem gewissen Mißtrauen in die Alhambra von Granada gegangen. Das kommt vielleicht daher, daß man bei uns in Deutschland unter Alhambra ein Etablissement zu verstehen pflegt, in dem die aus Köpenick gebürtigen *Three Sisters Smith* auftreten. Wenn ein Bums aber schon ganz mies ist, geben wir ihm den herben, würzigen Namen Alhambra, so daß uns dieser Name fast labbrig im Munde schmeckt. (Umgekehrt wird ein solches Institut hier in Spanien *el Kursaal* genannt; so tauschen die Kulturen ihre Güter gegenseitig aus.)

Ferner sagt aber auch die Kunstgeschichte über dieses Gebäude allerlei Zweideutiges; es seien da künstliche Tropfsteinhöhlen und spuckende Löwen und dergleichen, und so geschah es, daß ich auf eine schlechte Erfahrung gefaßt war, als ich eben durch das Tor der Gerechtigkeit einschritt.

Aber als ich eben durch das Tor der Gerechtigkeit einschritt, da wußte ich ja noch nicht, daß in dem Myrtenhofe diese weißen Tauben nisten; das Wichtigste erwähnt die Kunstgeschichte nie. Sie laufen eifrig die marmornen Gesimse entlang; und wenn sich zwei begegnen, so verneigen sie sich voreinander; und sie spreizen die Flügel und sind ganz Glück.

Gute Vögel, die ihr die Tempel liebt; Vögel der Aphrodite und des Heiligen Geistes, welche Stunde habe ich hier mit euch verleben dürfen!

Übrigens bin ich nicht ganz allein. Ein alter Herr sitzt unter den Säulen, raucht seine Pfeife und liest ein uneingebundenes Buch.

Wie kann man, frage ich mich kopfschüttelnd, wie kann man in diesem Myrtenhofe ein uneingebundenes Buch lesen?! Aber wie ich einmal hinter dem alten Herrn herumgehe und in sein Buch sehe, merke ich, daß es ein arabisches Buch ist; und zwar ein arabisches Gedichtbuch, denn die Buchstaben stehen nur in der Mitte der Seite. Vielleicht die Werke des Dichters Jussuf ibn Hasan, der hier gelebt hat und der den kurzen Sukh-Vers erfunden hat, ein Anapäst zwischen zwei Jamben.

Der alte Herr liest immer eine Weile, dann blickt er auf und betrachtet sinnend die Säulen; und vergleicht die Melodie des Dichters mit dem marmornen Rhythmus.

Jetzt – aber das wird fast zuviel der Herrlichkeiten –, jetzt erscheint auf der Szene eine weiße Katze. Sie schreitet mit hocherhobenem Schwanze über das Parkett des Kalifen, als verstünde sich das von selbst. Dann hockt sie sich neben das Wasserbecken und beginnt zu trinken.

Nun ist aber allgemein bekannt, daß eine Katze, wenn sie trinkt, mit der Zunge wackelt. Und durch dieses Wackeln bilden sich in dem glatten Wasser konzentrische Kreise, die immer weiter hinausziehen…weiß Gott, der äußerste Kreis, den diese Katze hier bildet, muß nach meiner Berechnung einen Radius von drei Metern mindestens haben.

Wäre ich jetzt zu Hause in Berlin, so läse ich vermutlich eine Rede des Herrn Stresemann; und was in dieser Rede steht, das wußte ich schon vorher. Da ich aber in der Alhambra von Granada bin, beobachte ich, daß eine Katze, wenn sie trinkt, einen Kreis von drei Metern Radius erzeugt. Und das wußte ich vorher noch nicht.

Nebenan ist ein Saal, der heißt Saal der zwei Schwestern; ein anderer heißt Saal der Abencerrajes. Es ist alles klar, einfach und ernst; wie dieser Himmel da oben.

Überall Springbrunnen; und das Wasser läuft in Rinnen ab, daß es durch die Säle plätschert und unter den Galerien. Welch liebenswürdige Menschen haben dieses Haus gebaut; und wie müssen sie das Leben genossen haben.

Gewiß, sie haben das Leben genossen. Nämlich so: Eines Tages versammelte sich der ganze Hof festlich gestimmt in diesem Saale der Abencerrajes. Doch war das Wasser des zwölfeckigen Brunnens abgestellt; und man führte zwölf gefesselte Männer herbei, alles Könige und Königssöhne; man neigte ihre Köpfe über das Becken und schnitt ihnen die Hälse durch, allen zwölf zur gleichen Zeit. Und das Blut floß eilig durch die Rinne und stieg spielend und sprudelnd an der Fontäne auf. Allgemeiner Beifall aber belohnte das wohlgelungene Divertissement.

So kann man von dem Werk auf seinen Schöpfer schließen!

Dieser zärtliche Bau ist von den furchtbarsten Geschlechtern der Geschichte errichtet worden, und in den rosenfarbenen Kammern wurde gewürgt, jahrhundertelang. An diese zierliche Säule hier klammerte sich kreischend der Prinz, den sie zur Schlachtbank zerrten, und Gehirnmasse spritzte hoch auf zu den reizenden Mustern der Kachelwand.

Ach, und wie sie die Nachtigallen geliebt haben! Tausende von Nachtigallen schlugen in dem Park da unten, und kundigen Ohres hörte der Kalif ihnen vom kühlen Balkon aus zu. »Ich hatte doch für heute etwas vor«, dachte er dabei, »was war das doch gleich? Ach richtig: ich wollte ja meine allergnädigste Frau Tante aufhängen lassen.« Und er ging, um das Versäumte nachzuholen.

Überhaupt könnte man der Meinung sein, daß alle diese Schlösser und Sehenswürdigkeiten – in Spanien wie anderswo – erst jetzt so zauberisch wurden, nachdem die diesbezüglichen Potentaten und ihr Personal abgezogen und verduftet sind.

Einmal war ich mit einem deutschen Bekannten in Aranjuez; in den modrigen Gärten mit den umgestürzten Vasen und den eingeschlafenen Götterbildern; und der großen Stille. Schon nach fünfzehn Minuten ereignete sich, was nicht zu vermeiden war, und mein Freund begann langsam zu zitieren: »Die schönen Tage von Aranjuez sind nun vorüber.«

»Nein«, sagte ich ernst, »*jetzt* sind die schönen Tage von Aranjuez.« Und ich zeigte auf die ungeheure Platanenterrasse am Tajo; sie war ganz einsam und flammte wie Gold von all den abgefallenen Blättern.

So hier in der Alhambra. Das eigentliche Wohngebäude hat einen Durchmesser von etwa vierzig Metern; eine bessere Wohnung in der Kaiserallee zu Wilmersdorf ist größer. Und darin nun der königliche Hof, mit den Leibköchen, den Leibeunuchen und den hundertzwanzig Leibbeischläferinnen; mit den Hofastronomen, den Hofschuhputzern und den Hofpoeten... Man kann sich den Krach ausmalen! Und den Klatsch und das Türenschlagen. Heute, an diesem seligen Wintertage, steht das Säulengebäude still und klar da, wie ein Spiegeltraum über der Wüste.

Das kommt daher, daß heute eben nur zwei Menschen hier sind. Von denen der eine die Verse des Dichters Jussuf ibn Hasan liest; und der andere sich an einer trinkenden Katze aufregt.

Im Trajansforum

Das Trajansforum in Rom wird von den Umwohnern dazu benutzt, überflüssige Katzen hineinzuwerfen. Es kommt doch leider nur allzu häufig vor, daß arme Leute nicht mehr wissen, was sie mit ihrer Katze anfangen sollen, das Geld reicht ja manchmal kaum für die Menschen. Umbringen möchte man das arme Tierchen auch nicht (übrigens versuchen Sie einmal, eine Katze umzubringen!), und sie wegzutragen hat keinen Zweck, sie kommt ja doch immer wieder.

Da nimmt der Familienvater also die Hauskatze, trägt sie zum Trajansforum und wirft sie in das Trajansforum hinunter. Das Trajansforum liegt ungefähr zwei oder drei Meer tief unter dem Straßenpflaster und ist von allen Seiten von einer senkrechten Mauer umgeben.

Nun muß ich gestehen, ich glaube, wenn die Katzen ernsthaft wollten, könnten sie aus dem Trajansforum wieder heraus. Was sind denn zwei oder drei Meter Steinmauer für eine richtige Katze? Aber sie wollen vielleicht gar nicht mehr aus dem Trajansforum heraus und halten diese Lösung für ganz ausgezeichnet.

Das Forum ist reizend mit hohen Gräsern bedeckt, Ratten und Mäuse muß es zu Tausenden geben, überall wachsen Büsche, in denen die Katzen mit den betreffenden Katern alles machen können, wonach ihnen der Sinn steht; und immerfort sieht man, wie die gutmütigen Nachbarn kommen und ihre Speisereste herunterwerfen. Und so ist denn das Trajansforum von Hunderten von Katzen bewohnt, die sich da wollüstig ergehen und von Speck glänzen.

Seitdem sind diese Trajanskatzen eine der größten Sehenswürdigkeiten der an Sehenswürdigkeiten so reichen Stadt Rom geworden. Ja, es hat sich so gedreht, daß der Kaiser Trajan, der dieses Forum mit ungeheuren Kosten hat bauen lassen, vor seinen Katzen ganz in den Hintergrund zu treten beginnt und daß sich kein Mensch mehr um ihn kümmert.

La doulce France

Sooft man auch nach Frankreich hineinfahren mag, jedesmal wieder erlebt man das Abenteuer mit dem kleinen Jungen; und jedesmal ist es gleichermaßen überraschend und belehrend.

Der kleine Junge sitzt auf einem französischen oder auch belgischen Bahnhof irgendwo auf der Erde, spielt mit irgend etwas, bohrt sich in der Nase oder tut sonst so, wie kleine Jungen tun. Und dann ruft er plötzlich irgendeinem anderen kleinen Jungen etwas zu, und mit dem äußersten Erstaunen hören wir, daß dieser kleine Junge geläufig und korrekt französisch spricht.

»Um wie vieles«, sagte im Coupé die junge Dame aus Hannover, »um wie vieles sind doch diese Franzosen gebildeter als wir, da bei ihnen schon die kleinen Kinder fließend französisch sprechen, was bei uns kaum den Gymnasiallehrern gelingen will.«

Und wir anderen bemerkten, daß dieser Witz zwar nicht mehr neu sei, daß er aber hier an der Grenze immer wieder von neuem frisch erlebt werden könne.

Das war aber auch der einzige günstige Eindruck, den Frankreich auf die deutschen Leute in meinem Coupé machte. Sonst im allgemeinen waren sie äußerst unzufrieden mit allem, was sie sahen, und machten ihrem Mißmut unverhohlen Luft.

Vor allem wurde auf das energischste gerügt, daß der Zollbahnhof in Jeumont nur so klein und unbequem sei, und triumphierend wurde darauf hingewiesen, daß dieser Bahnhof sich mit unserem Bahnhof Friedrichstraße oder auch mit dem neuen Kölner Hauptbahnhof doch auf keinen Fall auch nur im entferntesten vergleichen dürfe.

Dann regte sich das Fräulein aus Hannover auf das heftigste über den Widersinn auf, daß hier die Bahnen links fahren, anstatt rechts, wie es vernunftgemäß und in der Ordnung sei. Noch größere Sensation erregte der erste Anblick von französischem Militär. Jubelnd machte man sich darauf aufmerksam, wie klein diese Soldaten seien; und brach in fröhlich Gelächter aus, als ein Offizier vorbeikam, der gelbe lederne Reitgamaschen trug.

Vergebens versuchte ich meinen Reisegefährten besänftigend zuzureden. Ich wies darauf hin, daß vielleicht auch unsere preußischen Bahnhöfe in der Nähe von Skierniewice nicht ganz so glanzvoll beschaffen sind wie der Kölner Hauptbahnhof, daß ferner auch in Ostrowo nicht Truppen von Gardemaß ständen... es half nichts. Alle im Coupé waren sich einig darüber, daß mit dieser Nation im Falle eines Krieges nicht viel Umstände zu machen sein würden.

»Die werfen wir mit dem kleinen Finger um«, sagte das Fräulein aus Hannover.

Bei der Weiterfahrt bemerkte das Fräulein aus Hannover, daß ihr Frankreich landschaftlich nicht individuell genug erscheine.

»Ich will«, sagte sie, »ich will nicht verkennen, daß diese vielen Reihen hoher Pappeln und Erlen der Landschaft etwas vornehm Parkhaftes geben; und daß ich dabei an die Valois denken muß, oder an breittreppige Paläste, oder an die Marquise von Maintenon. Aber dieser Valoischarakter der Landschaft ist doch nur sehr stellenweise zu bemerken; meist ist er alltäglich, wie bei uns, und sieht aus wie Guben und Sommerfeld.«

Ich erwiderte: »Mein Fräulein, ich weiß nicht, was Sie mit Guben und Sommerfeld sagen wollen. Immerhin möchte ich Sie auf eine Merkwürdigkeit des französischen Geländes aufmerksam machen, nämlich auf die Katzen. Beachten Sie gütigst, daß vor jedem Hause eine Katze sitzt. Und achten Sie ferner freundlichst darauf, daß sonderbarerweise die Katzen immer größer werden, je mehr wir uns Paris nähern. Am größten sind sie in Paris selbst, auf dem linken Seineufer bei den Antiquaren, wo das Herz des Landes Frankreich ist. Dort sind die Katzen so groß wie mittelkräftige Präriebüffel, und sie sitzen auf den in Leder gebundenen Werken Montaignes und schlafen den ganzen Tag. Und ich möchte persönlich hinzufügen: wenn jene Lehre von der Seelenwanderung recht hat, so möchte ich nach meinem gottgefälligen Tode Katze bei einem Pariser Antiquar werden auf dem linken Seineufer in Paris. Es muß die Summe aller möglichen Freuden sein, den ganzen Tag auf dem Montaigne zu sitzen, ohne gezwungen zu sein, ihn zu lesen.«

Alte Schlösser, mit geschlossenen Fensterladen, verfallend in der Einsamkeit.

Eine Terrasse, auf der ein Abbé mit einem vierzehnjährigen weißen Mädchen promeniert.

Die Stadt Saint Quentin, dicht gedrängt um eine wunderherrlich unvollendete Kathedrale. (Hier sind wir vor dem Bodo Ebhard sicher.)

Compiègne, wo einst die Montijo allzu lärmend Hof hielt; nun ist es ganz einsam, und still geht die Oise durch das Land.

Tief unten die Parks, mit weiten Lichtungen, auf denen sich der Abendnebel sammelt... Frankreich; Frankreich.

Bist du aber über Creil hinaus, so rate ich dir, Eisenbahnvorschriften zum Trotz, dich rechts aus dem Waggonfenster weit hinaus zu beugen. Denn dann siehst du als erster in der Ferne aus der Ebene den Montmartreberg aufsteigen, und Pariser Lichtlein blinzeln der Nacht entgegen.

Und dann erfüllt sich dir vielleicht eine Sehnsucht; und immerhin möglich ist, daß dir im Herzen irgendwo, wie eine ferne gläserne Glocke, eine Heinesche Strophe zu klingeln beginnt:

Sei mir gegrüßt, du große,
Geheimnisvolle Stadt.

Paris

Ich habe mir eine Rebhuhnpastete mit in mein kleines Hotelzimmer genommen und esse sie an dem Fenster, das nach dem stillen Hofe zu geht. Diese Pastete soll zusammen mit einer Flasche Burgunderwein mein Frühstück sein an dem heimlichen Pariser Tag.

Die Mittagsonne fällt senkrecht in den Hof und zieht einen breiten hellen Streifen, der durch vier Stockwerke in die Tiefe geht. Diese Konstellation haben sich vier Katzen ausgenutzt, vier jener großen, braunen Pariser Katzen. In den sonnigen Fenstern der vier Stockwerke sitzt je eine Katze und wärmt sich; vier Katzen senkrecht übereinander.

Das sieht sehr komisch aus, aber den Katzen scheint das gleichgültig zu sein, und sie kümmern sich um die Komik gar nicht. Sie sonnen sich ernst und gründlich und sind vier schöne runde Geschöpfe, die die guten Gaben der Gestirne und der Weltgesetze gelassen für sich in Anspruch nehmen.

In den anderen Fenstern des Hofes, die kühl und schattig sind, regt es sich hier und da. In dem einen schnurrt eine Nähmaschine los, und daran sitzt ein blasses Mädchen, das schwarze Haare hat und die Augen der großen babylonischen Hure. Hinter einem anderen Fenster nebenan sitzt tagaus tagein in seinen Büchern vergraben ein Priester und schreibt. Er schreibt einen Kommentar zu Bossuets Leichenrede auf den großen Condé, der das Schwert Frankreichs in zwanzig Schlachten gezogen hat.

Nach verzehrter Pastete gehe ich hinunter und auf die enge Straße hinaus, um so einen Spaziergang zu machen. Und da sehe ich wieder jene blinde Frau, die neben meinem Hotel an dem Durchgang sitzt und Blumen verkauft.

Diese blinde Frau sitzt ganz aufrecht da, hat über die Knie ein kleines Brettchen gelegt, auf dem einige billige Blumen liegen, und an der Brust ein Schild, auf dem geschrieben steht: *Pensez à l'aveugle s.v.p.* Sie hat graue wirre Haare und die großen tragischen Gesichtszüge der Schauspielerin Eleonora Duse.

Wie es nun gekommen ist, daß ich dieser Frau niemals eine Blume abgekauft und ihr auch sonst nie ein Geldstück geschenkt habe, das weiß ich nicht. Vielleicht geschah es nur deshalb, daß mich eine Schuld und die verwirrenden Fäden eines Schicksals mit dieser Stadt verbinden sollten.

Denn wenn ich jetzt an Paris denke, so steht vor meinem Auge die bettelnde Duse, und in meinem Herzen rauscht es auf, und meine Augen beginnen zu brennen in Scham und Sehnsucht.

Selbst in den Winkeln deines Elends bist du schön, edelste und trauteste der Städte.

Provinz

Laon. Diese entlegene und rare Stadt ist auf einem steilen, langen Berge aufgebaut, mit vielen gedrängten Dächern an den Abhängen. Auf der höchsten Stelle des Berges und der Stadt steht die gotische Kathedrale mit vier großen Türmen und sieht weit über die träumende Ebene der Île de France.

Wegen dieser Kathedrale bin ich nach Laon gefahren, denn sie wird in allen Kunstgeschichten erwähnt als ein Muster des Überganges vom Romanischen zum Frühgotischen. Aber sie erwies sich bei der Betrachtung als nichts Besonderes; sie ist frostig, weiß und hell und ohne katholisches Geheimnis. Die einzige Belehrung, die ich in der Kathedrale von Laon gewann, bestand darin, daß man in Frankreich Hunde mit in die Kirche nehmen kann. Eine alte Dame trat ein und führte ein kleines, wolliges Hündchen an der Leine. Sie band das Hündchen los und kniete nieder, um ein Gebet zu veranstalten, und während sie betete, spazierte das Hündchen zutraulich herum. Als es sich aber einem frühgotischen Pilaster näherte und an ihm herumzuschnuppern begann, schloß ich schaudernd die Augen, um das Sakrilegium nicht zu sehen.

Sonst ist Laon eine einstöckige Stadt, die treppauf, treppab gebaut ist mit Bogengängen und heimlichen Winkeln. Von den Wällen sieht man tief in die Ebene hinunter; und herniederhängende Gärten sind da, und über alles ist jetzt ein rotes Blühen von Pfirsichbäumen gesponnen und ein abendliches Klagen der Grasmücken.

Durch die Hauptstraße, in der die Laternen angezündet werden, promenieren die Provinzfranzösinnen. Die Französinnen der Provinz sind fein und artig und schlank. Auch in dieser kleinen Stadt ist nirgendwo bei ihnen etwas Beschränktes oder Philiströses zu sehen. Sie sprechen leise und lachen unhörbar und bleiben vor dem hellen Laden stehen, in dem die Pariser Blusen sind. Sie heißen Gilberte oder Germaine und sind ein wunderholdes Menschenvolk, das Gott der Herr segnen möge.

Um acht Uhr abends werden die Fensterläden geschlossen, und die Türen klappen zu. Doch gibt es unverwüstliche Nachtschwärmer, die sitzen bis um neun Uhr im Café de la Comédie und spielen Domino.

In *Caen* wird ein Schenkelknochen Wilhelms des Eroberers aufbewahrt, und alle romantisch veranlagten Leute sollten sich deshalb für diese Stadt interessieren. Die Engländer, die so etwas lieben, kommen häufig hierher und haben Caen zu einer Ihrer Sommerresidenzen gemacht. Und sie betrachten gedankenvoll den Schenkelknochen jenes Mannes, der einst die Insel England so vorbildlich leicht erobert hat.

Es ist eine bleiche Stadt in der stillen Normandie. In weißen verlassenen Klostergärten flattert irgendwelche Wäsche; eine milde Trambahn verläuft durch resignierte Straßen, und auf den Plätzen schlafen alte Kreuzfahrerkirchen, die rund und braun sind wie die Pasteten. Und man sagt sich: in dieser Stadt möchte ich leben, wenn ich noch älter und unnützer wurde, als ich schon bin; und dann werde ich einen Kommentar zu dem Ritterliede *Lancelot* verfassen, das Chrétien de Troyes geschrieben hat.

Übrigens wird in allen diesen Städten des französischen Nordens und Ostens der deutsche Wanderer jetzt das lebhafteste Bedenken und Mißtrauen der Einwohner erwecken. Diese Städte sind voll von militärischen Phänomenen, und man kann keine zehn Schritte machen, ohne auf eine Kaserne oder auf einen Feldwebel zu stoßen; und dann sieht es peinlich so aus, als sei man hierhergekommen, nur um diesen Feldwebel oder diese Kaserne auszuspionieren.

Vor einem Bäckerladen in Caen sah ich eine Katze sitzen, die ein silbernes Glöckchen um den Hals trug. Ich trat an sie heran, um ein wenig mit ihr zu plaudern; und weil ich dachte, die Katze sei über so etwas erhaben, sprach ich sie deutsch an. Sogleich blickte sich ein des Weges vorbeikommender Brigadegeneral scharf und ahnungsvoll nach mir um. Und auch die Katze stand auf und zog sich entrüstet in das Innere des Bäckerladens zurück.

Sündenfälle

Aus einem Hoffenster meines Hauses lehnen zwei junge Leute, ein junger Mann und ein junges Fräulein.

Sie erzählen sich Witze und lachen und stoßen sich in die Seiten. Dann beschäftigen sie sich eine Weile damit, daß sie gleichzeitig in den Hof hinunterspucken und nachsehen, wessen Spucke zuerst unten ankommt.

Aus alledem erkennt man, daß die zwei jungen Leute sich lieben. Denn die Liebe des Menschengeschlechts ist töricht. Das hat sich schon bei der ersten Liebesszene der Welt gezeigt, bei Adam und Eva, die sich mit ihrem Apfel so albern wie nur möglich aufgeführt haben.

Unten im Hofe sitzen zwei Katzen sich einander gegenüber. Das eine ist der Kater des Portiers, das andere die Katze des Bäckermeisters von nebenan, und das ganze Haus weiß, daß die beiden ein Verhältnis miteinander haben.

Aber wie anständig benehmen diese Tiere sich dabei. Ihre Liebe besteht darin, daß sie seit zwei Stunden sich gegenüber sitzen und sich unverwandt in die Augen sehen.

Nun erscheint auf dem Hofe ein Leiermann. Er stellt seinen Kasten auf, beginnt zu drehen und spielt die Arie aus dem Troubadour: »Schon naht die Todesstunde«.

Kaum haben die beiden jungen Leute da oben die ersten Klänge dieser Arie gehört, so erheben sie sich, schließen das Fenster und ziehen die Vorhänge zu.

Auch die weibliche Katze scheint durch die Musik irgendwie sinnlich erregt worden zu sein. Sie steht auf, streckt sich und geht langsam zu dem Kater hin; aber der haut ihr mit der Pfote eine herunter, worauf die Katze ruhig auf ihren Platz zurückkehrt.

Schade, daß Adam kein Kater gewesen ist. Schade, daß Adam der Eva nicht auch eine heruntergehauen hat. Wir säßen heute noch im Paradiese, und alles wäre anders geworden.

Unterhaltungen

Schon seit langem haben aufgeklärte Denker vermutet, daß die Tiere eine Sprache haben. Das heißt daß die Laute, die das Tier äußert, nicht nur gedankenlose Rufe des Hungers oder der Liebe sind, sondern daß sie etwas Bestimmtes bedeuten, genau wie die Worte der menschlichen Sprache.

Es wäre ja auch kaum zu begreifen, wenn nur die manchmal recht sonderbaren Töne der menschlichen Stimme – man denke an Töne wie Dompropst, Spritschmuggel, Zwetschgenknödel, Klubsessel, Brauhausbräu –, wenn nur solche lächerlichen Geräusche aus der Sphäre der göttlichen Idee herstammen, die teils zarten, teils energischen Verlautbarungen der Tiere aber nicht. Nur, was es nun ist, was die Tiere reden, das hatte man noch nicht herausgefunden.

Jetzt hat ein Gelehrter sich daran gemacht, die Sprache der Tiere zu erforschen, und zwar hat er mit den Affen angefangen, die ja von allen Tieren den Menschen am ähnlichsten sind. Oder sind die Menschen den Affen am ähnlichsten? Aber das kommt ja auf dasselbe heraus, und es kann keiner etwas dafür. Der Gelehrte setzte sich also vor den Affenkäfig, und nach langen Versuchen, mit Mikrophonen und Grammophonen, ist es ihm gelungen, die Gespräche der Affen in ihrem Käfig zu verstehen.

Nun, meine Herrschaften, worüber, glauben Sie, unterhalten sich die Affen in ihrem Käfig? Aber lassen Sie nur, Sie finden es ja doch nicht. Die Affen in ihrem Käfig sprechen fast ausschließlich vom Wetter.

Die Mama Äffin: »Schrecklich, wie es heute wieder kalt geworden ist.«

Der Papa Affe: »Der Umschlag war zu erwarten; es ist der Einbruch des Atlantischen Kältetiefs.«

Das ältere, ledige Fräulein Äffin (etwas unmodern eingestellt): »Und stürmt der Winter noch so sehr auf Erden, halt aus, mein Herz, es muß doch Frühling werden.«

Das ist gar nicht so komisch, wie es zunächst aussieht; worüber sollten sich die Affen denn sonst unterhalten? Komisch wäre es vielmehr, wenn sie sich über die neuesten Dramen oder über die Elektrisierung der Stadtbahn unterhalten wollten. Auch zeugt es von der Weisheit und Gesittung der Affen, daß sie sich hauptsächlich über das Wetter unterhalten. Wie ja ebenfalls bei den Menschen es gilt, daß die geistig vornehmsten Leute einfache und alltägliche Unterhaltungen bevorzugen und tiefsinnige Redereien meiden.

Die Engländer reden fast den ganzen Tag vom Wetter; deshalb sehen sie so gesund aus und haben solchen Erfolg in der ganzen Welt. Als der erste Engländer in Indien landete, sagte er zu den herbeiströmenden Indern: »Fine day«, und das gefiel den Indern so und machte einen solchen Eindruck auf sie, daß der Engländer bald ganz Indien eingesteckt hatte.

Nur bei uns in Deutschland sind jetzt die genialsten Gespräche in Gebrauch, besonders bei der expressionistischen Jugend, die ja überhaupt an Genialität nicht zu übertreffen ist. So war ich kürzlich mit einer reizenden jungen Dame im Café, mit der ich mich den ganzen Abend über Parthenogenesis oder über gebärende Jungfrauen unterhalten habe. Nun ist es ja gewiß ganz interessant, eine reizende junge Dame über gebärende Jungfrauen sprechen zu hören, aber es hat mir doch den ganzen Abend der Angstschweiß auf der Stirn gestanden.

Von Enten und von Helden

Erste Beobachtung. Im Teich die Gänse, die Haubenenten, die Brautenten, die gemeinen Enten und die zwei Schwäne haben Ruhe gehalten den ganzen Vormittag. Sie schwimmen aneinander vorüber, wackeln mit den jeweiligen Steißen, stecken die Köpfe ins Wasser und tun sonst so nach der Art des Wassergeflügels.

Da bricht ein Streit aus zwischen dem großen braunen Enterich und dem weißen Enterich. Der Braune fährt auf den Weißen los, der flieht, und es gibt mit großem Geschrei eine Jagd durch den Teich und rundherum. Sie reißen einander die Federn aus, sie verbeißen sich, sie tauchen unter und balgen sich unter der Oberfläche weiter, so daß das Wasser wallt und kocht. Dann kommen sie wieder herauf, und mit einem scharfen Schnabelschlag faßt der braune Enterich den Weißen an den Hals, daß das Blut herauskommt.

In diesem Augenblicke aber ist der Streit aus. Der siegreiche braune Enterich rudert ganz friedlich zu seinem verwundeten Gegner hin und schmeichelt und gackelt freundlich an ihm herum, und dann schwänzeln sie kameradschaftlich nebeneinander durch den Teich. Moral der ersten Beobachtung: es ist etwas Sonderbares um die Enten.

Zweite Beobachtung: Am Fonteinskopp die beiden Buren Piet und Abimelech hatten den ganzen Nachmittag auf Vorposten gelegen, ohne daß sich etwas von den Engländern gezeigt hätte. Erst gegen Abend regte sich etwas am Wege, und da duckten die beiden Buren sich hinter einen Stein. Es war ein englischer Offizier zu Pferde von Bullers Armee. Er wollte wohl auskundschaften oder hatte sich verirrt und stand nun still gegen den Abendhimmel und war ein ganz prachtvolles Schußobjekt.

Da sagte hinter dem Steine der Bure Piet leise zu seinem Gefährten: »Ich knalle ihn herunter wie einen Spatzen.«

Abimelech antwortete: »Nein, du nicht, sondern ich. Du hast gestern den dicken Major geschossen. Jetzt bin ich an der Reihe.«

Und sie stritten sich lange hin und her, und weil sie sich nicht einigen konnten, beschlossen sie auszulosen, wer den Schuß tun sollte. Zu diesem Zwecke holte Abimelech seine Bibel aus dem Sack, und sie verabredeten die Auslosung so, daß jeder den Finger beliebig in die Bibel stecken sollte. Und wer dann mit dem Finger den größeren Vers gefaßt hätte, der sollte gewonnen haben und den Schuß tun.

So taten sie denn, und Piet als der ältere steckte zuerst den Finger in die Bibel und faßte den Vers: *Deine zwo Brüste sind wie junge Rehzwillinge, die unter Rosen weiden.* Dann steckte Abimelech den Finger in das Buch und faßte den Vers: *Und Lea ward schwanger und gebar einen Sohn; den hieß sie Ruben, und sprach: der Herr hat angesehen mein Elend; nun wird mich mein Mann liebhaben.*

Das war ganz offenbar der längere Vers, und Abimelech hatte gewonnen. er nahm die Büchse und legte an.

»Sechzig Schritte sind's«, flüsterte Piet, »ziele hoch, dann geht es ihm in die Gedärme.«

Der Schuß krachte, das Pferd bäumte sich hoch, und der Engländer fiel herunter wie ein Sack. Die beiden Buren warteten noch einen Augenblick hinter dem Steine. Aber als sie sahen, wie der verwundete Engländer sich im Grase krümmte und mit den Beinen schlug, da standen sie auf und liefen hin, um ihn zu pflegen.

Sie knöpften ihm die Weste auf und untersuchten die Wunde und fanden, daß sie bedauerlicherweise recht schwer sei. Dann holten sie Verbandzeug hervor, stopften Watte in den Schußkanal, wuschen ihn mit Karbolwasser und waren sehr besorgt. Und trugen den Engländer vorsichtig davon und klagten sehr, daß er leider so schwer verwundet sei.

Moral der zweiten Beobachtung: es ist etwas Sonderbares auch um die Menschen.

Waidmannslust

Das ist des Jägers Ehrenschild,
Daß Gott er ehrt in seinem Wild.

So zitieren die Jäger poetisch, wenn sie im Herbst das Schießgewehr von der Wand nehmen.

Ich habe auch einmal eine Jagd mitgemacht; es ist schon lange her, aber ich glaube, ich werde diese Jagd nie vergessen.

Das war in der reizenden kleinen Stadt Ottmachau in Oberschlesien, wo ich als Student zum Besuch bei einem Verwandten wohnte. Die Rittergutsbesitzer und die Gutspächter veranstalteten eine große Treibjagd auf Hasen und Rebhühner, was man, wenn mein Gedächtnis mich nicht trügt, in Schlesien eine Kleckerjagd nennt. Zu diesem Jagdvergnügen hatten die Herren auch einige Intellektuelle aus der Stadt eingeladen, nämlich den Pfarrer, den Apotheker, den Photographen und mich.

Natürlich sollten wir Intellektuellen nicht etwa schießen, das konnte keiner von uns, sondern wir fungierten als Treiber. Das heißt, wir gingen in einer Reihe über das Feld und bewegten allein durch unsere Erscheinung die Hasen zum Fortlaufen und die Rebhühner zum Auffliegen. Denn die Hasen und die Rebhühner sind so dumm, daß sie sich vor Intellektuellen fürchten.

Bei dieser Jagd habe ich es zum erstenmal erfahren, daß die Hasen schreien können. Weil der Hase, wenn er gespickt auf der Bratenschüssel liegt, sich ganz still zu verhalten pflegt, deshalb glauben wir, er habe keine Stimme.

Aber der angeschossene Hase, den der Herr Oberamtmann an den Hinterläufen hochhielt, der schrie wie ein kleines Kind. »Halt's Maul, dummes Luder«, sagte der Herr Oberamtmann und hieb mit seinem Krückstock dem Hasen das Genick entzwei. Und daraufhin hielt das dumme Luder in der Tat das Maul.

Beim Rückweg sagte der Herr Oberamtmann zu mir: »Nun, junger Mann, Sie möchten gewiß auch gern einen Schuß abgeben; da, schießen Sie einmal den Vogel dort aus den Telegraphendrähten herunter!«

In den Telegraphendrähten der Eisenbahn saß eine Goldammer. Sie blickte in die untergehende Sonne und sang ihr Abendlied, in voller Inbrunst aus ihrem kleinen, schlagenden Herzen heraus, bot also ein vortreffliches Schußobjekt, namentlich für Schrot. Ich nahm das Gewehr des Herrn Oberamtmann, zielte und schoß, und die Goldammer fiel wie ein Stein in die Brombeeren. Dort blieb sie liegen, denn erstens lohnte es sich nicht, eine tote Goldammer aus den Brombeeren zu suchen, und zweitens hatten die Herren Eile, um zu ihrem Abendbrot und zum Jagdskat zu kommen.

Das ist viele, viele Jahre her. Seitdem hat mich das Leben gezaust und geschlagen und herumgetrieben. Aber ich habe noch immer nicht genug Prügel bekommen.

Wir Ebenbilder Gottes

Norderney.

»Mama«, sagte das kleine Mädchen, »den Seestern nehme ich mit nach Hamburg.«

Sie hatte am Strande einen herrlichen smaragdgrünen Seestern gefunden und brachte ihn nun ihrer Mama.

Die Mama blickte von Galsworthys *Weißer Affe* auf, in dem sie gerade las, und erwiderte: »Du kannst ihn mit nach Hamburg nehmen, mein Liebling, aber erst mußt du ihn totmachen.«

»Wie macht man denn Seesterne tot?« fragte das kleine Mädchen. Darauf wußte die Mama keine Antwort. Es war eine praktische Hamburger Mama, rund und appetitlich. Sie hatte wohl schon zahlreichen Aalen den Kopf eingeschlagen, Karpfen lebendig geschuppt und Krebse gekocht, aber wie man einen Seestern totmacht, die Frage war ihr noch nicht vorgekommen.

Der Oberkellner wußte einen glücklichen Ausweg. Er legte den Seestern auf einen Teller und stellte ihn ans Fenster in die Sonne: »Nun wird er gleich tot sein«, sagte er.

Aber der Seestern war nicht gleich tot. Er krümmte seine Strahlen nach oben, und man sah seine tausend Füßchen. Diese Füßchen bewegten sich langsam und reckten sich, sie suchten nach dem Wasser, sie schrien nach dem Leben, sie flehten um Erbarmen. Aber niemand im Zimmer hatte Erbarmen, außer mir, und ich benahm mich wie ein Feigling und lief weg.

Am Abend war der Seestern nun glücklich tot. Aber jetzt sah er nicht mehr smaragdgrün aus, sondern war weißlich und gräulich geworden, gerade wie die billigen Seesterne, die man in jedem Ansichtskartenladen kaufen kann. Außerdem fing er an, fürchterlich zu stinken. Es war schließlich das Kindermädchen, das ihn nach dem Mülleimer trug.